# folio cadet ▪ premières lectures

**Le Petit Nicolas
d'après l'œuvre de René Goscinny
et Jean-Jacques Sempé**

Une série animée adaptée pour la télévision
par Matthieu Delaporte, Alexandre de la
Patellière et Cédric Pilot / Création graphique
de Pascal Valdès / Réalisée par Arnaud Bouron
D'après l'épisode « La nouvelle »,
écrit par Delphine Dubos.
Le Petit Nicolas, les personnages,
les aventures et les éléments caractéristiques
de l'univers du Petit Nicolas sont une création
de René Goscinny et Jean-Jacques Sempé.
Droits de dépôt et d'exploitation de marques
liées à l'univers du Petit Nicolas réservés
à **IMAV EDITIONS**. Le Petit Nicolas® est une
marque verbale et figurative enregistrée.

Adaptation : Emmanuelle Lepetit
Maquette : Clément Chassagnard
Le papier de cet ouvrage est composé
de fibres naturelles, renouvelables, recyclables
et fabriquées à partir de bois provenant
de forêts plantées et cultivées expressément
pour la fabrication de la pâte à papier.
Loi n° 49-956 du 16 juillet 1949 sur les
publications destinées à la jeunesse
ISBN : 978-2-07-064630-2
N° d'édition : 240189
Dépôt légal : septembre 2012
Imprimé en France par I.M.E.

IMPRIM'VERT

PEFC
PEFC/10-31-109

# Le Petit Nicolas

## Le chouchou a la poisse

GALLIMARD JEUNESSE

# Le Petit Nicolas
## et ses copains

Maman  Papa

Nicolas   Alceste   Clotaire  Eudes

La maîtresse  Le Bouillon

ouisette  Marie-Edwige  Geoffroy  Agnan

Ce matin, la maîtresse de Nicolas est en retard. Dans la cour, les garçons attendent...

– Je suis sûr qu'on va avoir une remplaçante ! râle Rufus.

– Et moi je suis sûr qu'elle sera vieille et moche ! lâche Eudes.

– Hum, hum !

Eudes se retourne... et découvre une maîtresse vieille et moche qui le regarde d'un air sévère !

Les enfants rentrent en classe et la remplaçante s'installe au bureau.

– Elle a au moins 100 ans ! glisse Maixent à son voisin.

– COMMENT ? postillonne la vieille maîtresse. Vous me ferez le plaisir de parler
plus fort : je suis un peu dure d'oreille…
Ouvrez vos cahiers : leçon de géographie !

Aussitôt, Agnan, le chouchou, bondit
de sa chaise.

– Je vais chercher la carte, dit-il.

– Qu'est-ce qui vous prend de vous lever
sans permission ? se fâche la remplaçante.

– JE VAIS CHERCHER LA CARTE !
répète Agnan en criant.

– Je vois que j'ai affaire à une forte tête. Votre nom ?

– Agnan.

– Armand ? Très bien. Retournez à votre place. Et ne vous faites plus remarquer !

La remplaçante pointe alors son doigt vers le cancre de la classe :

– Et vous, comment vous appelez-vous ?

– Clotaire, madame…

– Parfait, Hilaire. Allez me chercher cette fameuse carte !

Ravi, Clotaire court chercher la carte à toute allure.

– Je vous félicite pour votre rapidité, mon petit, dit la remplaçante.

Toute la classe ouvre des yeux ronds : c'est bien la première fois qu'une maîtresse félicite Clotaire !

À la récré, les copains de Nicolas discutent.

– Elle est drôlement sévère, la remplaçante, soupire Rufus.

Agnan, lui, a l'air effondré.

– Il va falloir t'y faire, Agnan, se moque Eudes. Ta place de chouchou est prise par Clotaire !

Plus tard, en classe, la remplaçante écrit la leçon au tableau.

– Recopiez en silence. Je reviens tout de suite.

Agnan, au premier rang, s'empresse d'obéir. Derrière lui, c'est vite le bazar. Alors, comme d'habitude, il fonce au tableau pour restaurer l'ordre.

– Ça suffit! Calmez-vous!

Pour toute réponse, il reçoit une pluie de boulettes en papier.

– Arrêtez! dit Agnan, inquiet.

Vite, il se penche pour ramasser les boulettes avant le retour de la maîtresse... qui ouvre la porte au même moment!

– Eh bien, bravo, Armand! Vous faites encore le pitre? Allez tout de suite au coin!

– AH, NON! C'est pas juste! craque Agnan.

– Et, en plus, vous osez protester ? Donnez-moi votre carnet, vous aurez un mot à faire signer par vos parents.

Le garçon en reste bouche bée, et toute la classe avec lui : un mot sur le carnet d'Agnan, c'est du jamais-vu !

Pour couronner le tout, la remplaçante efface la leçon du tableau et annonce :

– Je suppose que vous avez fini de reco-pier ? Vous aurez une interrogation écrite sur la leçon demain.

Après l'école, Nicolas et ses copains rentrent chez eux, la mine sombre.

– Personne n'a eu le temps de recopier la leçon, soupire Nicolas. Demain, c'est zéro assuré pour tout le monde !

Mais, soudain, le visage du garçon s'éclaire :

– Sauf Agnan ! Il faut qu'il nous aide, c'est notre seule chance.

La petite bande galope vers Agnan, qui marche seul sur le trottoir.

– Dis, Agnan, si on t'arrangeait le coup pour ton carnet, tu pourrais peut-être nous prêter ton cahier pour qu'on recopie la leçon ? propose Nicolas.

– On connaît plein de techniques pour signer les carnets, ajoute Clotaire.

Agnan commence à retrouver le sourire.

– C'est d'accord.

Une fois chez lui, il fait entrer Nicolas et Clotaire dans le bureau de ses parents.

– Il me faut un modèle de la signature de ta mère, sinon je ne peux pas l'imiter, explique Clotaire.

– Mais non, dit Nicolas. Puisque la remplaçante ne connaît pas la signature de la mère d'Agnan, on n'a pas besoin de modèle. Donc, on peut faire n'importe laquelle, elle n'y verra que du feu !

L'affaire est vite réglée.

Sur le seuil de sa maison, Agnan donne son cahier de leçons à Nicolas.

– C'est chouette de m'avoir aidé pour la signature, dit-il.

– Toi aussi, tu es un chouette copain ! lui répond Nicolas.

– Ça, c'est bien vrai ! confirme Eudes en lui donnant une tape sur l'épaule.

Agnan regarde ses nouveaux copains s'éloigner, un grand sourire sur les lèvres. Il fait partie de la bande, maintenant !

Le lendemain, la bande se retrouve dans la cour de l'école.

– Elle était dure à retenir, cette leçon de géographie, dit Rufus.

– Moi, j'ai dû la relire tellement de fois pour la comprendre que je l'ai apprise par cœur sans faire exprès ! s'étonne Clotaire.

Dans la classe, Geoffroy, pour la première fois, va s'asseoir à côté d'Agnan. Et, pendant le contrôle, il s'aperçoit qu'Agnan est en train de dessiner au lieu de travailler !

– Qu'est-ce que tu fais ? chuchote-t-il.

– J'ai fini, alors je m'occupe. Regarde ça !

Agnan tend son dessin à Geoffroy : c'est un portrait de la remplaçante en sorcière !

Agnan se retourne pour montrer son dessin à Eudes et à Nicolas. Tout le monde rigole bien, mais...

– DONNEZ-MOI ÇA !

Agnan tend son œuvre à la remplaçante qui n'apprécie pas du tout la plaisanterie. La punition tombe comme un couperet :

– Vous serez privé de récréation, Armand : vous écrirez des lignes. Et vous pouvez préparer votre carnet !

– Pfff... Je m'en fiche ! souffle Agnan.

Et il se retourne à nouveau pour faire un clin d'œil à Nicolas. Celui-ci fronce les sourcils.

– Faudrait pas qu'il croie qu'on va s'occuper de son carnet à chaque fois ! glisse Nicolas à Eudes.

Pendant la récréation, Agnan écrit ses lignes, seul dans la classe. Soudain, une idée germe dans son esprit...

Le cartable de la remplaçante est posé à côté de son bureau. Agnan se lève et va vider son pot de colle à l'intérieur de la sacoche.

Ses copains, qui rentrent juste de récréation, le surprennent en pleine action.

– Agnan, qu'est-ce que tu fabriques ? s'écrie Nicolas.

– Ben quoi ? C'est une petite blague, glousse Agnan.

– Arrête ! T'es pas un peu fou dans ta tête ! s'alertent les copains.

– Vous allez voir, on va bien rigoler !

La classe reprend. Sous le regard inquiet des garçons, la remplaçante plonge la main dans son cartable et la retire aussitôt, collée aux copies des élèves.

– Mais... Mais... QU'EST-CE QUE C'EST ? hurle-t-elle, avant d'ajouter, très en colère : Eh bien, puisque c'est comme ça, vous referez le contrôle demain !

– OH, NON ! proteste la classe.

À la sortie de l'école, Nicolas et ses copains sont furieux.

– On se fait un petit foot avant de rentrer ? propose Agnan, insouciant.

– Non, moi, je rentre. Il faut que je révise pour le contrôle de demain, répond Clotaire.

– Quel chouchou ! lâche Agnan. Et vous, les gars ?

Mais les garçons font la tête.

– Vous m'en voulez pour la blague ? C'était drôle, pourtant !

– Tu trouves ça drôle qu'on soit obligés de refaire le contrôle ? s'emporte Nicolas.

– On ne veut plus de toi dans la bande. T'es en train de mal tourner! décrète Eudes.

Et tous tournent les talons, laissant Agnan tout seul sur le trottoir.

Le lendemain, les enfants sont accueillis par le Bouillon, le surveillant de l'école.

– Votre maîtresse est en retard, annonce-t-il. Allez l'attendre en haut.

Dans la classe, les enfants forment de petits groupes et bavardent... sauf Clotaire, qui révise sa leçon.

– Bonjour, les enfants! fait alors une voix mélodieuse.

La maîtresse est revenue! Vite, chacun court à sa place habituelle.

Elle dit alors le plus naturellement du monde:

– Agnan, va me chercher les craies.

Clotaire est déçu:

– Mais, mademoiselle, c'est moi qui...

– Tu ne vas pas commencer, Clotaire! se fâche-t-elle aussitôt.

– J'Y VAIS ! lance Agnan en sautant de sa chaise, content d'être redevenu le chouchou.

– Bon, reprenons la leçon d'histoire, poursuit la maîtresse.

– Mademoiselle, et le contrôle ? demande Clotaire, désemparé.

– Quel contrôle ? Écoute, Clotaire, arrête de m'interrompre ou je t'envoie au coin !

C'en est trop pour Clotaire : il éclate en gros sanglots !

– Mais, enfin, qu'est-ce qui lui prend ? lâche la maîtresse, étonnée.

Nicolas rigole :

– Ça doit être la joie de vous revoir, mademoiselle !

– Eh bien... soupire la maîtresse. Je vois que rien n'a changé durant mon absence !

→ **je lis tout seul**

Pour les jeunes apprentis lecteurs
Niveau 2

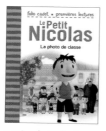

n° 1 *La photo de classe*

n° 2 *Même pas peur !*

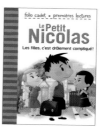

n° 3 *Les filles, c'est drôlement compliqué !*

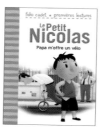

n° 4 *Papa m'offre un vélo*

n° 5 *Le scoop*

n° 6 *Prêt pour la bagarre*

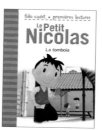

n° 7 *La tombola*

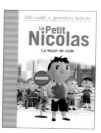

n° 8 *La leçon de code*

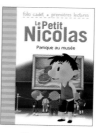

n° 10 *Panique au musée*

Retrouve le Petit Nicolas sur le site www.petitnicolas.com